철학창서 1

김경찬 시집

자연

자연이 아름다워야
인간도 아름답고
자연이 풍요로워야
인간도 풍요롭고
자연이 건강해야
인간 또한 건강할찌니라.

한곡 김경찬

청어

철학창서 1

김경찬 지음

발 행 처 · 도서출판 **청어**
발 행 인 · 이영철
영   업 · 이동호
홍   보 · 이수빈
기   획 · 천성래
편   집 · 방세화
디 자 인 · 김희주
제작부장 · 공병한
인   쇄 · 두리터

등   록 · 1999년 5월 3일
(제321-3210000251001999000063호)

1판 1쇄 인쇄 · 2018년 8월 1일
1판 1쇄 발행 · 2018년 8월 10일

주소 · 서울특별시 서초구 효령로55길 45-8
대표전화 · 02-586-0477
팩시밀리 · 02-586-0478

홈페이지 · www.chungeobook.com
E-mail · ppi20@hanmail.net
ISBN · 979-11-5860-577-3 (04810)
      979-11-5860-576-6 (세트)

이 도서의 국립중앙도서관 출판시도서목록(CIP)은 서지정보유통지원시스템 홈페이지
(http://seoji.nl.go.kr)와 국가자료공동목록시스템(http://www.nl.go.kr/kolisnet)
에서 이용하실 수 있습니다.(CIP제어번호: CIP2018021515)

철학창서

1

 **시인의 말**

"내가 꽃이 되니 이웃은 꽃밭이 되네."

저자는 불행한 가정의 운명으로 6세 때부터 지금 현재까지
지옥 같은 인생길을 독립으로 살아왔다.

학력은 5~6개월이 전부이지만,

오로지 자연을 벗 삼아 자연의 도를 깨우쳤기에 여기까지
올 수 있었음을 자명하는 바이다.

그리하여 살아오는 동안에 겪었던

지옥과 천국, 불행과 행복, 자연과 인간관계 등의 모든 것을
총 망라 해서 이 『철학창서』로 풀어내고자 한다.

지옥과 천국은 양심과 행동으로 판가름 되며,

불행과 행복은 책임의 판단과 성실에 달려 있다.

"불행은 극복이고, 행복은 노력이다."

우리 사회는 너무나도 혼탁하고,

우리의 인생은 너무나 편안함과 즐거움만 추구하는 나머지
본래의 참모습을 잃어가고 있다.

따라서 저자는 자연 속에서 고통과 행복을 느끼게 되었고
아울러 익힌 것을 이웃사회에 알려지기를 바라기에 이 책을
펴내는 바이다.

『철학창서』는,

①인간관계(예의, 도덕, 윤리, 역사)

②자연관계(가치, 나눔, 공유)

③지역예찬(자연의 묘미, 교감)

④자연철학(천명, 지명, 교리)

⑤자연·인간법(주고받기, 질병, 건강, 재앙)

⑥자연의 구성(생김, 역할, 익힌 모습, 현 모습)

⑦학문과 가르침

⑧한곡의 역사

등으로 구성이 되어 있다.

특히, '한곡의 역사' 속에서는 오복(五福)이 소개되는데,
이 오복은 저자에게만 하늘에서

천명(天命)으로 내려진 것으로 생각한다.

『철학창서』가 굽이굽이 휘돌아

독자 여러분들의 메마른 가슴에 물 한잔이 되기를 바라는
마음으로 세상에 내놓는다.

BK연구소장   한곡 김경찬

차례

시인의 말 · 4

1 인간관계

2 자연관계

3 지역예찬

4 자연철학

● ● ● ● ● ● ?

! ● ● ● ● ●

1

인간관계

예의, 도덕, 윤리, 역사

조·대

조선의 세종대왕님께서
모진 비바람 맞고
썩은 먼지 덮어쓰고
못 볼 것 못 들을 것
보고 듣고 계시는 모습을 보니
내 목이 떨리는구나
나라의 기상은 국민의 입일텐데
땅바닥에 패대기쳐
역배의 발자취에 밟히고 있으니
내 오금이 떨어지지 않고
청와대 빈 죽지
동서바람에 춤추고 있으니
먹구름 찾아드네
국회는 주인도 모르는 핏불만 들었는지
매일매일 핏불 소리 귓전에 못 박히고
도심의 숲은 울창하고 아름다운데
어찌하여 외래종 잎을 달고
뿌리는 말라들고 있는가
저 깊은 곳을 살피고 또 살펴도
방앗간은 없는데 웬 참새소리 이리도 요란할꼬

시환 후망

짚신과 고무신은
한옷과 어우러져 행복을
찾아주고 자신을 잃었고
구두와
양복이 어우러져
부와 명예는 찾았으나
양심을 잃었네

기(器)

목기는~
조부모의 식기이며
예의를 가르치고
놋기는~
부모의 식기이며
건강을 가르치고
자기는~
자녀의 식기이며
청결을 가르친다

여의주

너는
이 세상에서
가장 귀한 존재이다
귀한 생각과
귀한 마음과
귀한 행동을 쓰라

선택된 자

씨앗을 보는 사람은
농군이 되고
책을 보는 사람은
선비가 되고
사람을 보는 사람은
선구자가 되고
자연을 보는 사람은
철학자가 된다

수범

똥을 치울 땐
한 사람만 더럽지만
여러 사람은
깨끗함에 좋아지고
한 사람이 크게 고생하면
여러 사람이 편해지고
한 사람이 크게 희생하면
여러 사람이 살기 좋아진다

장독

장독은 흙에서
장인의 손으로 빚어져
불가마 속에서 온갖 고통을 참고 태어나
할머니의 손맛과 어머니의 정성이 담긴 맛을 잉태하여
남정네들 앞에 온갖 맛을 내어주건만
우리네 남정네들은 장독대의 고마움을 왜 모르는고……

함정

과대 욕심이 함정이다
급한 성격이 함정이다
불량한 양심이 함정이다
게으름이 함정이다
올바르지 못한 판단이 함정이다

그 자리

귀한 그릇일수록
높이 올리지 마라
낮은 곳이라야
안전하다

사람과 인간

사람은
눈뜨고 생각하고
입 벌리면
독이 되고 병이 되고
죄가 되며
인간은
눈뜨고 생각하고
입 벌리면
밥상 되고 약이 되고
덕이 되네

세 씨

글씨는 내 마음을 담아
책이 되고
솜씨는 내 혼을 담아
예술이 되며
말씨는 내 덕을 담아
밥상이 되련다

과식

큰 불은
불나기 쉽다
사람이 음식을 많이 먹고 배탈이 나듯
사랑과 축복이 너무 커도
그 속에 불행이 따르는 법이다

시간과 기억

많은 것을
갖는 것보다
많은 것을
보는 것이
더 크다

무너진 다리

음식을
잘못 먹었을 때
토하면 되지만
잘못 먹은 마음은
토해낼 수가 없다

보이지 않는 가치

장님이
지팡이를 딛고 다니는데
그 지팡이가 눈이 있어
딛는 것이 아니라
마음의 눈으로
지팡이에 의지하는 것이다

속

만 사람을
섬기는 것보다
올바른
내 자신을
지키는 것이 더 어렵다

허심

네가
슬퍼하는 것도
네 마음에 맞지 않는 욕심이고
괴로워하는 것도
네 마음에 맞지 않는 욕심이며
네가 부족함도
네 마음에 차지 않는 욕심 때문이니라

뿌리의 생명

머릿속에는 지혜를 심고
눈 속에는 아름다움을 심고
입 속에는 좋은 씨앗을 심고
마음속에는 율법을 심고
손끝에는 선행을 심고
발끝에는 도덕을 심어라

양심의 그릇

그릇은 다 그릇이나
바로 놓인 그릇은~
내용물이 차 있을 것이고
비스듬히 놓인 그릇은~
각도에 맞게 차 있을 것이고
엎어져 있는 그릇은~
담기지 않고 늘 빈 그릇이며
깨어진 그릇은~
담는 역할을 할 수 없다
네가 가지고 있는 양심의 그릇은~
어떤 그릇인고

거지와 부자

재물을
많이 가진 자는
멀리 가면서 거지가 되고
학문을
많이 가진 자는
멀리 가면서 부자가 된다

선의 꽃

선인의 마음속
그릇에서 핀 꽃은
썩음이 있는 곳에서도
썩지 않고
불이 있는 곳에서도
타지 않는다

극복

너의 어려운 일 아무리 커도
시간에 맡겨라
왜냐?
너의 복잡하고 힘든 일도
흙탕물이
시간이 지나면 맑아지듯이
씨앗을 던져서
시간이 지나면 나듯이
너도 그와 같으니
그 시간 속에
열성으로 맡겨라

탓

잘못을 놓고 풀려고 할 때
내 탓으로 하면
쉽게 풀릴 것이나
남의 탓으로 한다면
무슨 일인들
풀리지 않을 것이다

지상 지하

상대를 낮추는 자는
더 낮은 자이고
상대를 높이는 자는
더 높은 자이다

법 아닌 법

법은 돈이더라
거짓이 양심이더라
그릇된 행동이 예의더라

빈 마음

내가 마음을 비워야
이웃의 부름을 받고
내가 마음을 비워야
이웃에 봉사할 수 있고
내가 마음을 비워야
사물을 바르게 볼 수 있고
내가 마음을 비워야
진정한 가치를 알 수 있고
내가 마음을 비워야
만사가 아름답고
내가 마음을 비워야
진정 후회 없는 삶이 된다

3가지 밥

공밥은~
힘을 적게 쓰는 밥이요
노력 밥은~
힘을 많이 쓰게 될 것이요
눈물어린 밥은~
온 인류에 힘이 될 것이요

백 년

물질로
주는 사랑은
못다 한 사랑이며
눈물로
주는 사랑은
다 한 사랑이다

못질 짐

네가
정신 바로 양심 바로 지키기
힘들더라도
네가 어떤 자리를 함부로
차지하지 말라
네가 어떤 재물을 함부로
가지지 말라
네가 어떤 행동을 함부로
처하지 말라
네가 살아가는 데 큰 짐이 되느니라

꿀

죄를 지을 때는
고통이 없으나
죄의 대가를 받을 때는
고통이 매우 크다

잃게 된다

더 좋은 것
더 좋은 것 하다가
좋은 것 모르고
잃게 되고
더 좋은 맛
더 좋은 맛 하다가
좋은 맛 모르고
참 좋은 맛 잃게 된다

흠

미움은
작아도 크게 나타나고

사랑은
커도 작게 나타난다

정 주는 장독

된장독 간장독 긴 세월 말없이 서서
비 오면 비 맞고 눈 오면 눈 맞고
언제쯤 저 독이 말을 할까 했는데
뚜껑을 여니 내가 된장이네 내가 간장이네
향으로 말하고 색으로 답하네
된장독 간장독의 정은
오래오래 기다려 준 것이 정이었고
인심은 누구도 따를 수 없는 구수한 맛과 향이었으며
된장독 간장독은 입이 밖에 없어
뚜껑을 열 때에만 답하며 말하더라

십자의 피

예시자 혀끝에 사랑피고 손끝에 식량 나와 배 불리니
마군 손에 도살장 같은 궁전 앞 끌려가 가시철퇴 내리쳐
예시자 옥체 핏물에 빨린 누덕 걸레 되어
만백성 죄 지은 눈 닦아 주셨고
무거운 십자가 길 걸을 때 피 흘리며
한 발 한 발 내어 딛는 발자국
참지 못할 고통은 훗날 만백성이 받을 고통 대신 느끼셨고
피 덮인 그곳에 십자가 창 꼽힐 때
만백성 흘릴 피 대신 흘리며
피맺힌 한쪽 눈은 천국을 가리키고
또 한쪽은 지옥을 가리켰다
겉으로 흘리는 핏발은 처참하였으나
그 속에 붉은 핏방울은 만백성을 구함에 영생주었다

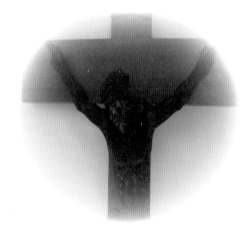

밭과 씨

상대의 마음은 밭이니
너의 마음이 씨앗 되어
그 밭에 심겨라

본래의 것 1

깍지 등불에 학문 깊고
정지 짚불 맛 손맛 깊고
짚신 두루마기 예의 깊고
지게 등짐은 책임 깊고
초가 문화는 인정이 깊다

본래의 것 2

눈이
좋다하여
다섯 개를 달면 좋겠는가
존속의 법을 어기지 말라

십자

수많은 인간이 십자가를 보았으나
누가
인류를
대신하여
자신의 손바닥에 못을 박겠는가

보호

간섭을
받는 것은
보호를 받는 것이며
간섭 받지 못하는 것은
보호를 받지 못한다

소멸

남의
허물은
덮으면 그뿐이고

나의
고통은
참으면 그만이다

무게

악은
쌓여서 무겁고

선은
나누어 가볍다

작품

익

으

면

뚝

떨어진다

죄의 욕

꽃은
후회 없이 시들고
인은
후회하며 늙는다

굴욕

까마귀 앞에
침 뱉기 쉬우나

백로 앞에
침 못 뱉는다

고부

시어머니 곡한 말에
행복이 들었건만
며느리 좁은 귀에
행복이 달아나
옛것을 배웠으면
행복을 잡으련만……

갈 때

평생 걸은 걸음 흔적 없고
평생 먹은 음식 흔적 없고
평생 모은 재산 소용 없고
평생 모은 것은 이웃이 덕이었네

무색도 색이다

꽃 색이 욕심이라
버려도 버려도
남는 색은 무색이라
버려지지 않으니
욕심을 가지려 하지 말고
욕심을 주려고 하라

깊은 사랑

청춘에 사랑은
꽃 본 듯한 사랑이고
노년에 사랑은
열매 본 듯한 사랑이니

청춘에 한 사랑은
눈으로 보는 사랑이었고
노년에 한 사랑은
마음으로 느끼는 사랑이었네

스케치

공짜가 굴러 와도 잡지 마라
잡는 이 기분 좋을지라도
내 인생 스케치에
그 공짜의 선 긋는다면
내 인생에 스케치
완성하지 못하리

단 하루

앞 못 보는 장님 깝깝함을 배려하여
그 앞에 옷 자랑 꽃 자랑 하지 마라

말 못하는 벙어리 원통함을 배려하여
그 앞에 돈 자랑 노래 자랑 하지 마라

걷지 못하는 앉은뱅이 몸부림을 배려하여
그 앞에 산책로 유람 자랑 마라

장님에 손 지팡이 되어주고
벙어리엔 손 이어폰 되어주며
앉은뱅이엔 다 같이 수레가 되어줘

야행성

악
은
삼
팔
선
도
없다

무약

법속에 많은 아픔
법은 진정 약이 없다

진심

술로 만난 님은
술 깨면 떠나가고

돈으로 만난 님은
돈 떨어지면 떠나지만

마음으로 만난 님은
눈 감아도 떠나지 않네

소임

꽃을 찾으러 내가 왔네
변색도 없는 예쁜 꽃
시들지 않는 좋은 꽃
보이지 않는 귀한 꽃
일생에 단 한 번 피는 꽃
저승에 가져갈 양심의 꽃을……

천천히

만나려고
애를 쓰면 못 만나도
만나려고
준비하면 만나게 된다

얌체

복을 주시려거든 작업복을 주시고
상을 주시려거든 진수성찬을 주옵시고
벌을 내리시거든 토종 꿀벌을 주시오며
벼락을 내리시거든 돈벼락을 내려 주옵소서

염원

기도는
낮밤이 없으므로
선행 또한
낮밤을 두지 않았다

왜놈

임진왜란 영웅들께서 뿌렸던 피는
이 가슴에 칼이 눕고

이차대전 왜놈들이 저지른 만행은
머릿속에 개작두가 떠오른다

전쟁터에서 흘린 피는 아직도 마르지 않아
그 피비린내가 바람을 타는데

독도를 넘보는 그 눈엔 못을 박아 가리고
독도를 핥는 혀는 가위로 마감할까

요점

실 꼬리는 길어야 좋고
말 꼬리는 짧아야 좋다

목심

교활하고 교활한 눈이 죄 짓는구나
변덕스럽고 변덕스러운 마음이 죄를 짓도다
인간의 가장 약한 것이 눈과 마음이니
죄 짓지 않도록 관리 잘 하길⋯⋯

선택

믿음은 힘이 살고
의심은 힘이 죽네

세도

나무에 푸른 잎 없을 땐
그 아래 말이 없더니
나무에 푸른 잎 있으니
그 아래 말이 있네

니말 내말

니 그때말 들어보지
왜 그랬누 그때 듣고 새기나 보지
왜 그랬누 인생사 스치는 많은 소리들
소용없지만 니 귓전관심 높여했던 그 말
누가 대신 해주더누
세상사람 수많아도 관심어린 심정으로
니 귓전에 몇 마디나 되겠누
놓쳐버린 그 말이
좋아도 니 말이고
싫어도 니 말인데
그때 들었으면
지금보다 더 나을낀데……

그리움

당신은 거울이었어요
당신이 있을 때 내 모습을 볼 수 있었는데
그 거울 없어 내 모습 볼 수 없네

덫

눈길이 욕심이요
마음길이 욕심이요
발길은 그 욕심에 빠지도다

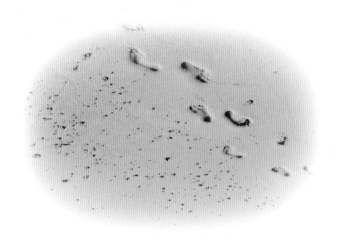

기본

네가 태어나서
네가 가지려고 하는 것은
내 손에 들 수 있는 것만 가지고
네 인생의 목적지가 있거든
내 발이 쉽게 닿을 수 있는 데까지만
정하거라
그것이 진정 네가 쓸 곳 있는 것이니라

해결

너의 묶인 마음을 풀려거든
저~밖에 어둡고 잡덤불이 많은 데에서
풀려고 하지 말고,
너의 가정에 식구들의 밝은 마음을 풀어놓고
그 아래에서 그 매듭을 풀지어다

자격

몸은 가벼워야 하고
마음은 무게가 있어야 한다

중심

입은 열 말인데 뜻은 한 홉도 안 되네

친구

친구야 반갑네
굽은 인생길 고생 많았겠구나
나는 천상을 염려하고
곧은 길 닦는다고
남달리 좀 늦었네
고생스러운 굽은 길 걷지 말고
쪼깨 늦게 가면 어떻노
내 곧은길 찾아 오이라
손잡고 같이 가자

매질

떡매는 매~치고
사랑매는 살~치소

만남

사람이 꽃을 만나서 즐거워하다
시간이 다 되어 헤어질 때
미워하지 않듯이
인간과 인간 사이
서로 만나 사귐을 다하고
인연이 끝이 나 헤어져도
서로는 그 꽃과 같이 미워하지 마라

교체

썩은 기둥은 갈아 넣어야 한다

직권

직권은 갖는 순간부터
직권을 놓는 순간까지 처참하다

내 사랑

백년 천년 만년이 길다 해도
마음을 다하지 않으면 짧고,
하루 낮밤이 짧다 해도
내 마음을 다하고 보면 길고 길더라

망나니

목을 치는 망나니는
죄가 늘어나지만
목을 대어 주는 이는
그 순간부터 죄가 없느니라

같은 위치

사람이 이 세상에 온 목적은
곳곳에 나쁜 것이 지심같이 깔렸으니
그것을 매기 위함이요
또한 바람도 동서로 오고 가는 길이 있고
해도 달도 동서로 길이 있으니
우리 인생도 그와 같다네

시작

도가 되면 모는 아래 있고
모가 되면 도는 아래 있으니
모든 것은 그 아래 존재하느니

꼬드김

영혼은 아무리 많은 숫자가 모여도
손바닥만큼도 차지하는 공간은 전혀 없느니라
우상화와 신격화를 만들어서 지은 조형물이 차지할 뿐

아적

독사는 옆에 있는 것이 입질한다

추태

아름다움이 크면
그 끝은 추함이 크니라

빈 속

성질난다고 빡빡 긁어봤자
자기만 손해다

허물

사람은 감성에 따라 치우치지만
상대가 지옥에 빠졌을 때
미워하지 말거라
그 상대는 비록 지옥에 빠졌으나
너에 대한 좋은 면을 가지고 있으니
그것은 너의 것이 아니더냐

벼슬

올라갈 때는 헉헉거리지만
내려올 때는 허탈하게 내려온다

진정

가뭄에 땅을 파서
샘을 얻기는 어려우나
인간의 심정을 파서
마음을 얻기는 더욱더 어렵다

발판

내가 보는 이웃의 부자는
내가 살아가면서 노력을 해야 할 표본이고
내가 보는 이웃의 가난은
내 인생을 살아가는 디딤돌의 표본이다

혀끝에 티

내 속에
더러운 것은 입김으로 날리니
내 속을
보자기 삼아 싸서 그냥 두면
그 더러운 것이 날리지는 않느니라

부끄러운 법

인간들은 법을 정해놓고
스스로 법을 지키지 않고
어기게 되니
하늘 아래서는 법이란 말을
쓰지 말거라
하늘에서 인간의 법을
공평하게 다스리고 있으니

내면

때가 많이 끼이면 아름답지 않다

인이란 1

꽃은 향이 들며 시들어 떨어지고
과일은 맛이 들며 익어 떨어지고
인은 철이 들며 떨어지네

인이란 2

인은 인을 해하여서는 아니 되고
인은 서로 돕고 살아야 하며
인은 마지막 떠날 때
가치를 남기고 가야 한다

한색

단풍 이는 산자락 아래 까마귀 떼 모여 앉아
고래고래 노래해서 쳐다봤더니
별종 까마귀 없는데 별종같이 노래하네
그 흥에 잔치 난 듯 춤을 추며 요란하여
요깃거리 있나 살펴봐도
물 한 방울 없는 빈 가마솥 불만 지피고 있네

혼탁

돋보기 없이 볼 수 없는 세상
당신의 그윽한 눈에 돋보기를 전하오

관심

뿌리가 닿아야 명이 있지
뿌리가 닿지 않았는데 어찌 명이 있겠는가
심이 닿아야 벗이 있지
심이 닿지 않았는데 어찌 벗이 내 곁에 있겠는가

만족

늘 감사함을 알 때 부족함이 없다

눈

꽃이 보여야 꽃이라 하지
저 덤불을 누가 꽃이라 할까
겉치레가 좋아야 사람들은 좋아한다
사람은 마음의 눈이 없기에

하루 일과

인생은
하루하루를 나누어 사니
욕심 부릴 게 뭐가 있겠는가

인생은
하루하루를 나누어 산다

인내

선한 사람도 악한 말을 들으면
악한 행위를 한다
악한 사람도 선한 말을 들으면
선한 행위를 한다

임 그리는 마음

저 해는 눈이 밝고
저 달은 마음이 밝네
귀한 임일지라도
어두운 곳에서는 보이지 않으니
밝은 데서 있어주오

세상사

저 해(눈)가 항상 밝습디까
구름이 끼면 어둡고
구름이 걷히면 밝아지는 것을

저 바다(마음)가 항상 주름이 없습디까
바람이 불면 주름이 일고
바람이 자면 주름이 없는 것을

같이

보소보소 내 말 좀 드소
선한 길은 이 땅에 복도 있고
저 하늘에 상도 있소
악한 길은 이 땅에 벌도 있고
저 하늘에 지옥도 있소
나랑 같이 선한 길을
끝도 없이 걷고 걷세

● ● ● ● ● ● ?

! ● ● ● ● ● ●

2

자연관계

가치, 나눔, 공유

보호

자연이 아름다워야
인간도 아름답고
자연이 풍요로워야
인간도 풍요롭고
자연이 건강해야
인간 또한 건강할지니라

무

자연의 법칙
어떤 것에서도
공은 없다
원칙 하에서 볼 때
인류사회에서
공은 없음으로
공을 믿지 마라

은혜 속 은혜

저 자연 속에 생명 있어
고개 숙여지고
저 자연 속에 아름다움이 있어
고개 숙여지고
저 자연 속에 배움이 있어
고개 숙여지고
저 자연 속에 무한함이 있어
고개 숙여지고
저 자연이 나를 품어주니
그 은혜로움에 고개 숙여진다

자능인능

인간 사회에서
배운 지식이 아무리 많아도
후대에 물려주었을 때
모자람이 많지만
자연에서 배워
후대에서 물려주는 지식은
모자람이 없고
또한,
쓸모가 크다네

가르침

꽃길을 걸으면서
아름다움을 배웠고
낙엽 깔린 길을 걸으면서
준비를 배우고
하얀 눈길을 걸으면서
청결을 배웠네

공생법

소나무는
학하고 인연이 있고
향나무는
부처하고 인연이 있고
꽃나무는
나비하고 인연이 있다

가족

자연은
구경하는 것이 아니라
같은 식구로서
반가움을 나누는 것이다

자연 속에서

돌과 물은 서로 공생하므로
남자는 돌과 같아야 한다
여자는 물과 같아야 한다
바람은 기온과 공생하고
불은 자연의 식물과 공생한다
인간과 흙은 서로 공생하므로
인간의 본분을 잊어서는 아니 될 것이다
아울러 흙을 기억하라

오묘한 것

바람소리는
잠자는 나무를 깨우고
물소리는
잠자는 자연의 시간을 깨우고
떨어지는 빗방울소리는
잠자는 대지를 깨우고
산속의 새소리는
잠자는 낮을 깨우고
천둥번개소리는
잠자는 양심을 깨운다

보고 담는 자연

자연의 가짓수는
저 하늘의 은하수보다 더 많지만은
자연의 가짓수는
네 눈 안에 들어있다
네가 자연을 아름답게 생각하면
자연도 너를 아름답게 생각할 것이고
네가 자연을 멀리하면
자연도 너를 멀리한다
너는 아느냐
네가 아무리 죄를 많이 짓고 더러운 행동을 하였어도
자연은 너를 언제나 반겨주는 것을……

별

저 하늘에
반짝이는 별은
날 아는체하면서 미소 지으며
나를 반기네
나는 저 별을 알지도 못하는데
언제부터인가 생각해보니
내 어릴 적에
처음 하늘을 쳐다볼 때
웃음 머금은 빛으로 나를 반기더니
내가 청년 때도 중년 때도
변함없이 반기네
내가 죽어 무덤이 되어도
저 별빛은 무덤까지 비추겠네

학자

배움을 찾거든
학문을 찾고
삶을 찾거든
자연을 찾아라

해따라

아침에 뜨는 해는
희망을 전하는 해요

한낮에 떠 있는 해는
희망을 펼치는 해요

저녁에 지는 해는
희망을 담는 해다

값

자연의
눈이
없으면
재목을 보지 못한다

만남

벌
같은
성격에는
꽃이 되어 주어라

각성

꾀꼬리 노랫소리는 가수들 부러워하고
딱따구리 뚫는 장기 끌 비웃고
까마귀 효심은 사람을 훈계하고
물오리 잠박질 잠수부 창피하고
갈매기 고기 찾는 눈 마도로스 각성하고
원앙새 절개는 부부 금실 찾게 하고
회오라기 입 낚시 강태공 뺨치고
개개비 입으로 지은 집은 목수 능하고
노학새 춤 솜씨 무용가 부끄럽다 하여
자연의 가치는 무한하다

향수

향이
있는 꽃은
멀리서도 향이 있고

향이
없는 꽃은
앞에서도 향이 없다

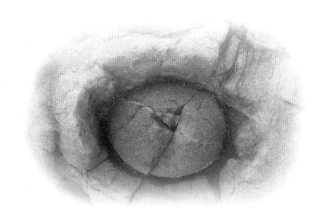

외로움

어두운 숲길 걸을 때
반딧불 하나 반갑고
구름 낀 밤하늘에
별빛 하나 반갑다

생각하는 꽃

꽃나무도
마지막 꽃잎은
시들지 않으려고 애를 쓴다

연탄

까만 몸
태우지 않고
나눌 온정 어찌 낼까

하얀 몸
버리지 않고
희생 정신 어찌 낼까

거름

정신, 마음은
비단이 되고

손, 발은
걸레가 되어라

깊은 맛 넓은 사랑

저 자연 깊은 맛 넓은 사랑
모르고 또 모르니
활용의 가치에 백년을 바쳐
백골이 될 때까지
세상 널리 알리리라

존재

이 몸 살아서 육신은 호미가 되어도
마음은 꽃이리라

육은 죽어 흙이 되니
혼은 천상에 등이 되고

마음은 그 흙에 꽃씨로 남았다가
세상에 귀한 꽃 피우리라

귀한 씨

배부름에 생각하여 씨를 버릴 때
쓰레기 밭에 버리지 말고
흙 밭에 버려라

저 자연

자연이 말한다
꽃만 볼 자는 따르지 말고
꽃을 가꿀 자만 따르라 하네

돈

돈의 가치를 모를 때에는
쓸 곳이 많으나

돈의 가치를 알고 나면
쓸 곳이 적다

인상

슬픔도 기쁨도 형상은 있었으나
존재의 끝은 무상이더라

인물

등이 밝다 한데
그 속에 기름은 무엇인고
등 밝은 줄만 알지 기름 역할 모르니
어찌 그 밝음이 오래 가겠는가

니하고 나하고

꽃이여 꽃이여 아름다운 꽃이여
시든다고 슬퍼 마라
너의 모습 내가 담아 너를 찾는
세상에 내 몸짓으로 전해주마

꽃아 꽃아 예쁜 꽃아
떠난다고 슬퍼 마라
너의 그윽한 향을 내가 담아
혼탁한 곳곳에 언행으로 전하려마

망각

물 위에 핀 안개꽃 햇살에 사라지는데
인생의 꿈이 크고 높아
구름에 닿았구나
망각의 꿈이 위가 없고 아래가 없어
어제도 오늘도 해가 뜨고 달이 뜨니
세월 가도 청춘 가는 줄 모르더라

쉼표

해도 지는 해가 눈부시듯이
인생도 지는 인생 저 해와 같기를

농심

농군은 깊은 관심을 가지고
농사를 지어야 풍년을 갖지
어찌 남의 농군이 내 전답에
호미 들기를 바라겠는가?

일생

사막에 핀 백년초야
화가 나서 가시더냐
목이 말라 가시더냐
너의 애환을 녹여 피운 꽃은
누구를 위한 꽃이더냐
저 하늘을 쳐다보니
구름이 오고 가네
너의 목마름도 너의 애환도
언제고 가시지 않겠느냐

천지가

해와 달을 한 번 보고 마느냐
보고 또 봐야지
모든 것은 공유라 하네

내 뿌리

남의 솥은 허기지고
내 솥이라야 배부르다

수

나눌수록 커지고
가질수록 적어지네

거산

날 찾아온 님이여
내 보이지 않는다고 아쉬워마소
곳곳에 내 모습이 들어있으니
해에는 내 땀이 들어있고
바람에는 내 향이 들어있고
빗물에는 내 인심이 들어있어
날 대신하오

모르나 알제

해와 달이 넘나들 때
울이 있더냐
그 가치가 원 없는데
누가 탐내는 자 아무도 없네
사람은 항시
아래만 보고 탐내고
큰 것은 눈뜨지 못 하제
적은 것에도
울 막아놓은 주제에

속살

밭에 잡풀이 덮여 있을 때는
그 밭이 옥토인지 석토인지를 알 길이 없다
그 잡초의 덤불을 걷어내기 전에는

모임

참새 속에 어울리면
참새 소리를 내고
까마귀 속에 어울리면
까마귀 소리를 내고
앵무새 속에 어울리면
앵무새 소리를 낸다

• • • • • • ?

! • • • • • •

3

지역예찬

자연의 묘미, 교감

충렬사

표충사 깊은 계곡
용의 모습 닮았구나
저 큰 산 장군 되어 버텨 섰고
내리꽂힌 기암절벽 왜적을 막으련듯
방패같이 둘러있고
저 고목 아름드리숲은 울이 되어
많은 생명 지켜주네
새벽 종소리는
음속에 빠진 영혼 천상에 인도하고
은은한 목탁소리는
선덕 되어 바람에 실려
세상 찾아 퍼져가고
승려의 애환 속에
구슬 같은 염불소리는
음속에 젖은 중생들
밝은 길 찾아주네

솔밭길

추억의 부엉이산
봉황새 날아 앉아 터 잡고 노래할 때
독수리 떼 샘나 발톱 세워 소리치니
겁먹은 봉황새 놀라 떨어져 피눈 감아
팔도강산 모인 새들
슬픔에 울부짖으니
독수리 피 묻은 발톱 감춰 달아나고
봉황새 간곳없이
저 산 바위
추억 속에 봉황 안고 말없이 홀로 섰네

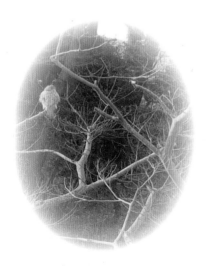

지구

자연은 신통!
마술 같고

자연은 만통!
없는 것이 없고

자연은 대통!
가장 큰 그릇이다

주남저수지

찬이슬 내리는 가을 길을 걷다가
잠시 바라보는 주남저수지
키다리 물버들 무성한 갈대숲
온갖 생명 들어있어 낚싯대 펼쳐놓고
지친 심신 미끼삼아
고기 한수 승부 걸고
새오라기 입짓은 낚시보다 더 빠르네
저 창공 곡예 하는 기러기 떼
별 수보다 많아 헤아릴 수 없고
해가 져 밤이 되니
저수지 어미 되어
가창오리 백조까지 날아들고
등천에 뜬 달빛 외등 삼아
풍년에 지친 일손 놓고
집집마다 행복이 젖어 있을 때
찬바람 불어 물결이니
악보삼아 개구리 북소리
귀뚜라미 울부짖는 소리에
배짱이 애달픔 더할 때
나그네새 오페라 합창하니
별들도 내려앉아 춤추고
가던 저 달도 멈추어
넋을 잃고 쳐다보네

비봉 신작로

별 보고 걸어 나가
별 보고 들어온 걸음
백리길도 더 되는 길을
삼십여 년 걸었다오
부모형제 없는 설움
못 배운 서러움에
꿈에도 몰랐던 땅꾼으로 전락되어
자연을 벗 삼아 생명부지 연연할 때
새벽이슬 발 적시고
가시덤불 헤쳐 가며
소금 옷 입어 허기져서 쓰러진
내 청춘
언제 나도 부모형제 있어
비정의 한 풀어놓누

백리길 오가며 비정이 떠오를 땐
달랠 길 없어
비봉 신작로 들어설 때
깊은 상처 대신으로 리사이틀 펼쳐
마지막 잎새, 가지 마오,
만고강산 애환의 소리 지르면서
갈고리 머리대 기타 대신하며
몸짓은 요란하니
길 가던 남녀노소 구경난 듯
가던 길 멈추고
멍든 가슴 한을 풀 때
리사이틀 하던
밀양 비봉 신작로라오

신선대

저 대바우 신선바위는
무엇을 하기 위해 모진 비바람 맞으며
긴 세월 동안 신선이 되어
누구를 기다리며 홀로 지키고 있나!
청청 저 바닷물은
무엇이 좋아서 춤을 추고
신선 바위에 부딪히며 안을까!
하얀 파도 검은 물, 신선바위를 멱 감기며
들어오는 물은 들물이었고,
파아랗게 신선바위를 때리고
감기며 나가는 물은 날물이었던가!
대바우야!
천년바위 만년바위에 실려 돌아돌아
너는 어디에서 왔느냐!
그 옛날 그 임들은 어디 가고 대답 없네
종아리 매질하며
만고강산 쑥대머리 가르쳐 주시던
희끗 희끗한 머리의 그 어른은
잔디이불 덮고 누우셨네
지난시절 신작로에 둘러앉아 공기받기하며
소몰이하던 봉자와 무룡이

내 눈앞에 아롱거리고
내가 왔다 소리쳐도
반겨주는 임 간 곳 없고
신선대가 나를 부르는듯하여 바라다보니
그때 그 시절
그 임들 모습이 신선대에 묻혀있네
생빼때기 너는 모습
숨 가쁘게 잠박질 하여 미역 따서 널던 모습
눈앞에 아롱거리네
신선대야!
그님들 좀 붙들어놓지
어찌하여 너만 홀로 서 있느냐!
신선대가 말을 하네
보소보소 쓸쓸한 그 마음 내한테 묻고 가소
다음에 들르거든
내가 그 님들한테 민초가
왔다 갔다고 말 전해주고
그 답 받아 놓겠소
내 어린 시절에
여름철 자갈밭에 소 몰고 내려와서
소등 타고 멱 감던 그 모습 기억하요!

추운 겨울날 빨래터에 따라왔다가
미끄러져 옷 버렸다고 매·맞던 것 기억나요!
남의 집 머슴살이 하던 철없던 그 시절
대바우가 너무 좋아
태풍이 부는 줄도 모르고
대 옹댕이 뭉툭한 낚싯대 들고
돌멩이 추에 못 낚시로
몰래 낚시하러 왔다가
그날 고기 못 잡았으면
맞아 죽을 뻔했는데
신선대에 신령님이 감성돔 3마리
파도에 내어주어 내 목숨 건졌다오
오늘도 그때 그 고마움을 잊지 못해서
만고강산 한자락 신선대에 메아리 울리며
민초는 신선대에 위로받고
눈물로 답해주며
섭섭한 마음안고 돌아간다네

낙동강

북쪽 큰 산 머리되고
남쪽 끝자락 버들 숲 꼬리 되어
물속에 잠긴 여의주가 있어
청룡이 된 낙동강아
고기떼 비늘 삼아 큰 몸짓 틀어대며
물고기 잘 키워 나그네새 살찌우고
네가 젊었을 때
황금빛 모래밭 쉼터 되어
물버들 갈대숲 잠자리 내어주더니
많이도 늙었구나
나루선 돛을 달아 풍을 지고
막걸리 한 사발에 창을 읊어
지친 심신 달아나고
먼 길 갔다가 늦은 밤 이 길 걸으며
목이 타 손 바가지로 이 물 떠서 목도 적셨건만
돛단배 나루선은 어디로 가고
네 모습이 많이 변해
옛 모습 옛 추억 그리워지네

도장포

망 넘어 잔디 풀 가냘픈 생명,
태풍을 맞이해 염분 끼 먹고도 죽지 않고
어덕살 떨어질라 싶어
어덕 부둥켜안고 흙 덮고 있네
그 옛날
노 젓던 돛단배 어디가고
어장 막 그물 털던 은도와 또만이 간 곳 없네
도장포 천년 동백숲
잎 사이 빨간 꽃잎은 화가가 그림을 그려놓은 듯
내 눈을 휘어 감네
꽃 따서 꿀 빨아 먹던 옛 생각 나게 하고
옛 추억 따라 숲길 걸으니
호~오~오 루루루루~루루루
못생기고 못생긴 것이 한이 된 넋 새 울음소리
꿈속에서라도 그리던 임의 소리같이
반갑고 아름답구나
벅수 골에 곰솔
100년도 더 한듯한데 식구들은 줄었으나
밭갈이 할 때 곰솔에 메어 두었던
누렁이 워낭소리 간곳없고
곰솔만 우뚝 서 있네
여기 신작로는
저 구망 산천에 짚털메기 신고

누덕 바지저고리 입고 굶주리며
땔감 이고지고 오고가던 임들
이 아스팔트 위에 아지랑이같이
그 때 그 모습들이 떠오르네
나는 그 임들을 옛 추억 속에
만나면서 기억하건만
내 떠나고 난 뒤
누가 날 기억 하리

몽돌 밭

올망졸망 쫙 깔려있는 학동의 몽돌 밭
내 발걸음 멈추게 하고
몽돌에 휘감아 오는 파도는
덕석말이 하는 모습같이 굴러드네
이 벅찬 몽돌과 바다
오묘하고 신비로움은 자연의 조화로고
발자욱 딛을 때마다
자그륵 자그륵 흥겹게 느껴지고
몽돌 밭 내려다보는 큰 소나무
기생이 부채를 펼쳐
춤을 추고 있는 것 같아
더욱 멋스럽고 정겨운 이 밤

몽돌과 바다가
사랑을 속삭이며 부딩키니
물속 시거리는
영롱한 에메랄드빛이 되어
환상의 수를 놓고 수평선에 별빛을 받아
반짝이며 피어나는 은하수
별들이 미소를 지으며
은하수에 사랑을 속삭이네
몽돌과 바닷물이 부딪혀서
에메랄드빛은 내 눈을 멀게 하고
몽돌이 파도에 부딪혀
울어내는 소리는 마음을 빼앗아가니
내 몸을 주체할 수 없어
몽돌과 벗이 되어 이 밤을 같이 지새우며
이 아름다움을 바닷물 먹 삼아
몽돌에 글을 남겼건만
파도가 밀려와
저 바다가 다 가져가네

선

자연의
아름다움에
만끽하는 것이 아니라
자연의
은혜로움에
만끽하는 것이다

거미

거미는 집을 지어놓고
그 집에 뭣이 들건가
걱정하지 않고
왜 만드는가
조바심 없이 오직 기다릴 뿐이다
작고 크고 구분 없이
오직 기다릴 뿐이다

제주

한라봉 금빛 물결 사랑이 익어들어
그 맛 밤새우고
우도의 일출은 님의 예물인가
눈부시고 아름답네
한라산 정기 바다에 닿으니
할망 머리 늘어져 바람에 휘날리고
이여 저여 해녀들의 물질 소리
찾는 이의 입맛 돋네
파도 이는 조각도는
강태공의 쉼터인가
갈매기 깃대 삼아
일미선도 오고 가네

빛과 그림자

빛을 믿고 태평 마라
어두운 그림자 있으니
그림자 어둠속에 절망 마라
밝은 빛도 같이 있으니

주고 받고

꽃잎은 바람에
상처를 입었으나

꽃향기는 바람에
덕을 보네

낙동강

낙동강 명성에 천금만금 쌓아놓고
삼색 여의주 물고 놀던
황룡 어디 갔나
천금만금은 놀고먹는
많은 입이 가져갔고
사라진 여의주 당달의 짓이며
떠나간 황룡 여기저기 묻혔으니
옛 모습 어디 가서 만나보나
철새 외 많은 생명
울부짖는 저 소리
사람에 어리석음 꾸짖는
원망의 소리로다

통영

통영의 항구 촘촘히 묵인 배들
썰물에 꿈을 먹고 들물에 쉬고 있나
남망산 명당 일제 흔적 숲에 가렸어도
많은 이 알고 들고나 모르고 들고나
동피랑 담장 꽃들은 돼지감자 대신났나
어느 뉘의 정성이 한복같이 곱게도 수놓았네
한산 섬 돌 거북선 임진왜란 상징인가
이순신 장군님의 혼령 깃들어 긴 세월
왜란침략 오늘도 살피면서 호국정신 일깨우네
제승당 염원은 깊은 바다 목숨 던진 영웅들
슬픔을 달래우고 왜적선 장수 눈 붉힘에
거북선 품어 줬었던 올망졸망 작은 섬에
붉게 핀 동백꽃들 그날 영웅들의 혈색이던가
사량도의 소바우 얽힌 사랑 전설 속에 묻혀있네
해저터널 역사 침묵하니
거울같이 오가며 들여다보고
미륵산 케이블카 터져 나온 많은 행복
통에 차고 넘으니
영에는 바가지 바가지 담아 나누소……

해금강

바다의 전설 해금강
이 한 겨울 바라보니
기암절벽 눈 박힐 때
십자동굴 낙수는 입 부르고
에메랄드 수평선 마음도 빼앗기네
오는 새 품고
가는 새 바라보는 동백숲
붉게 핀 꽃은 용광로 같아
얼은 이 마음 녹아들고
소 몰고 풀 바지게 졌던
그 시절 절로 생각나
미역 톳나물 감미로운 이곳에
임이라도 있었으면 좋으련만
이 몸 죽기 전에 이곳 잊혀질까 하네

거가대교

용두산 기상 바람에 실려
대금산 기상 구름에 실려 오고가며
저 거가대교 섬 속에서 태어났네
가야금 돛대같이 튕긴 줄
밍크고래 입을 닮고
많은 임들 들이키며 퉤 뱉키네
올망졸망 모인 섬
굴러가는 눈
갈매기 메르치 찾다
대구 보고 노래하고 굴러드는 눈
칠색조 동백숲 찾다 배경 보고 춤을 추네
에메랄드 조각조각 굴러가는 파도는
응어리진 이 마음 밀어가고
굴러드는 파도는 메마른 이 마음 적셔주며
붉은 여의주 지는 아래 두 거북 있어
많은 풍요 임들은 안으니
거가대교 피는 복은 천년만년 이으리라

돌의 감정

돌이 멱 감을 때?
비가 올 때
돌이 옷 입을 때?
눈이 올 때
돌이 슬플 때?
고드름이 달릴 때
돌이 기분 좋을 때?
새가 앉았을 때
돌이 웃을 때?
돌 꽃이 폈을 때

정신력

바위틈에 핀 꽃
가진 것 없이
힘은 강하구나

둥지

새는
나무를 기둥삼아
가지에 집을 짓고 살아도
집 자랑 하지 않는다

허탈

심은 꽃은 시들고 나면
씨앗을 얻는데

받은 꽃은 시들고 나면
쓰레기 얻는다

낙도

유배지 낙도 새가 되어 날아간 뒤
6·25 맺힌 한 거름 되어 꽃이 필 때
삼면의 푸른 바다 높고 낮은 파도는
꿈을 밀고 찾아드니
팔도의 새들 입에서 입으로
희망을 물고 날아들어
양대 조선 밝힌 빛은 어두움도 물러가
낮과 밤이 따로 없네
축복에 묻힌 거제시는
낮도 없고 밤도 없이
박상 같은 많은 웃음
온 누리에 웃을세라

• • • • • • ?

! • • • • • •

4

자연철학

천명, 지명, 교리

천목

지구가
둥근 것은
천상의 눈이요
그 눈 속에서
사람들이 놀아났으니
적고 큰 죄를
어디에다 감출고……

정심육

구름에
정신을 맡기듯 해야
세상을 널리 본다

물에
마음을 맡기듯 해야
가치를 소중히 여긴다

바람에
몸을 맡기듯 해야
멀리 간다

힘과 힘

햇볕을 보이지 않고 키우는 콩은
콩나물이어서 역할이 적고
햇볕을 보이고 키우는 콩은
개체수가 많으므로 그 역할이 크다

력

시간이
열두 칸을 걸쳐서 오듯이
계절이 사계절을 걸쳐서 가듯이
인생사도 그와 같은데
많은 길을 걸어보는 자가
많은 길을 알게 된다

지우는 죄

네가 만 사람 앞에서
지은 죄가 부끄러운 것은
크게 용서 받을 수 있고
네가 서너 사람 앞에서
지은 죄가 부끄러운 것은
적게 용서 받게 될 것이고
네가 혼자서 지은 죄가
부끄러운 것은
용서 받기 힘들 것이다

세월

하루는
만년을 바라보고 가고 있고
만년은
하루를 찾아오고 있다

틀

너는 알고 있느냐
시간 속에 갇혀서
시간 속에서 끝난다는 것을……

뜻

눈물에도
온도가 있다

내와 외

웃음에도
가시가 있다

깊이

사자는
꽃을 먹지 않으므로
꽃을 지키게 된 것이고

사슴은
꽃을 먹음으로써
꽃을 지키지 못했다

그러나
사자도 꽃을 먹었다

선과 악

살아서 행한 선과 악은
무게는 없어도
죽어 천국과 지옥이 갈릴 때
선은
새털보다 더 가벼울 것이나
악은
바위산보다 더 무거울 것이다

거울

마음에는
거울을 두되
눈 속에는
거울을 두지 말라

세속

선은
지옥에서 찾아라

한계

도인은
머리를 보지 못하고

신선은
수염을 보지 못한다

성인

그릇이
너무 크니
주인이 없네

도리

낮밤 구분 못하는 자
꽃을 보라
해가 뜨면 잎을 열고
달이 뜨면 잎을 닫네

인의 가치

하늘은 날 내리고
땅은 날 품었으니
나는 이 은혜로운 곳에
해 아래 희망을 심어
세상을 덮게 하고
달 아래 행복을 심어
온 누리에 전하리라

행심 터

악의 자리는
작아도 가시가 나고
선의 자리는
작아도 꽃이 핀다

만사

세상은 어질면서도 악하고
세상은 풍요로우면서도 부족하며
세상은 그냥 있어도 아름답고
세상은 그냥 있어도 무섭네

세상은 떠들썩하여도 외롭고
세상은 히히 호호 웃어도 슬프구나
올 때에도 홀로 와서
갈 때에도 홀로 가니······

진리

마귀는 땅에서 행동하나
천사는 하늘에서 행동한다
마귀는 혀를 굽히고 허리를 굽혀
말하고 행동하나
천사는 혀를 펴고 허리를 펴서
말하며 행동하니
그 안에 허리 굽힌 나무가 크겠는가
혀를 굽힌 말이 바르겠는가
혀와 허리를 함부로 굽히지 마라

백분 흑연

날아가는 연기 속에 묻힌 이들
누가 높고 낮은가
백색분에 섞인 이들
누가 잘나고 못났는가
평소 권력과 빈부의 차이를 시기하며
살았는지들 가치 없고 형편없다

손바닥 물

거울을 손에 들고 자신을 본다 하여
주인인양 착각 마라
거울은 주인이 없다
그러므로
맑은 양심은 주인이 없으며
검은 양심은 주인이 있다

백 년 1

천국에 있다 하여
남의 꿈을 밟지 말며

지옥에 있다 하여
나의 꿈을 버리지 마라

백 년 2

인생 백 년 바람 속의 티와 같으니
그 바람은 손바닥에 올려놓고
크다 작다 누가 말하리오

미죄

지은 죄는 끝났으나
지을 죄는 끝이 없다

만달

쥐고 쥐면 어리석더라
한 가지의 뜻을 성취하기 위해서는
내가 가진
열 가지를 버려야 하느니

연장

입을 두 번 조심하라
한 번은
나의 생명을 지키는
에너지를 들일 때
한 번은
남에게 언행을 쏟아낼 때

오늘의 죄

사방팔방을 쳐다봐도
저승사자들만 서고 앉아 쳐다보네
죄 짓지 말거라
입고 먹고 가지고 쓰는 것까지도
그 사자들이 깃들여져 있느니라

단추

시작은 반드시 끝이 있으나
그 끝 또한 시작이 있어야 하느니라

천수

최고의 자리는 비워두자
많은 이가
희망과 꿈을 가질 수 있도록

가는 생

꽃이 시든다고 슬퍼마오
그 시듦 속에
더 젊은 꽃이 잠들어 있으니

올바른 삶

푸른 하늘에 반짝이는 저 별들
수없이 보고 있네
누가 지상에서
인간 삶의 1등인가
그 영혼이 도달하면
계급장에 달리려고
수없는 별들이 기다리고 있네

고민

자연은 겉부터 썩고
인간은 속부터 썩는다

그 꿈길 = 성공

그물을 깔았으니
고기는 드는 법일세

절망

목마른 자는 수채에도
고개를 숙인다

동등

살아 있을 때는
색 자랑을 하였으나
죽어서는
색 자랑 할 것이 없느니라

망각

높은 산도
자주 보면 낮게 보인다

직위

한 번 떨어진 낙엽은
다시 붙지 못한다

용기

겁이 나서 말 못하고
겁이 나서 행동 못할 때
그때는 온몸이 굳지 않겠는가
이럴 때 용기란
예수의 십자가를 생각하면
천도(天刀) 같은
용기가 솟아오르니

천심

선행을 향한 걸음은 멈추지 않는다

본색

시간 속에 본색이 난다